CB142196

TODOS OS SONHOS DO MUNDO

TODOS OS SONHOS DO MUNDO

GISELDA LAPORTA NICOLELIS

ilustrações de EDUARDO UCHÔA

Editora do Brasil

© EDITORA DO BRASIL S.A., 2016
TODOS OS DIREITOS RESERVADOS

Texto © GISELDA LAPORTA NICOLELIS
Ilustrações © EDUARDO UCHÔA

Direção-geral: VICENTE TORTAMANO AVANSO
Direção adjunta: MARIA LUCIA KERR CAVALCANTE DE QUEIROZ

Direção editorial: CIBELE MENDES CURTO SANTOS
Gerência editorial: FELIPE RAMOS POLETTI
Supervisão de arte, editoração e produção digital: ADELAIDE CAROLINA CERUTTI
Supervisão de controle de processos editoriais: MARTA DIAS PORTERO
Supervisão de direitos autorais: MARILISA BERTOLONE MENDES
Supervisão de revisão: DORA HELENA FERES

Coordenação editorial: GILSANDRO VIEIRA SALES
Assistência editorial: PAULO FUZINELLI
Auxílio editorial: ALINE SÁ MARTINS
Coordenação de arte: MARIA APARECIDA ALVES
Design gráfico: CAROL OHASHI/OBÁ EDITORIAL
Coordenação de revisão: OTACILIO PALARETI
Revisão: ANDRÉIA ANDRADE
Coordenação de editoração eletrônica: ABDONILDO JOSÉ DE LIMA SANTOS
Editoração eletrônica: ARMANDO FUMIAKI
Coordenação de produção CPE: LEILA P. JUNGSTEDT
Controle de processos editoriais: BRUNA ALVES

Dados Internacionais de Catalogação na Publicação (CIP)
(Câmara Brasileira do Livro, SP, Brasil)

Nicolelis, Giselda Laporta
Todos os sonhos do mundo / Giselda Laporta Nicolelis ; ilustrações de Eduardo Uchôa. – São Paulo : Editora do Brasil, 2016. – (Série toda prosa)
ISBN 978-85-10-06141-4
1. Literatura infantojuvenil I. Uchôa, Eduardo. II. Título. III. Série.

16-03254 CDD-028.5

Índices para catálogo sistemático:
1. Literatura infantojuvenil 028.5
2. Literatura juvenil 028.5

1ª edição / 3ª impressão, 2023
Impresso na Forma Certa Gráfica Digital

Editora do Brasil

Rua Conselheiro Nébias, 887
São Paulo, SP – CEP: 01203-001
Fone: +55 11 3226-0211
www.editoradobrasil.com.br

abdr
ASSOCIAÇÃO BRASILEIRA DOS DIREITOS REPROGRÁFICOS
Respeite o direito autoral

**PARA BEATRIZ NICOLELIS DE FREITAS,
MINHA NETA, AMOR DA MINHA VIDA.**

SÓ SE FOR POR AMOR!

“Valeu a pena? Tudo vale a pena
se a alma não é pequena.”
(Fernando Pessoa)

LEVOU A BOLA NA RAÇA, GIN-gando pela ponta esquerda. Carmelo ainda gritou, rubro de raiva, para os companheiros:

– Segura!

Alguém conseguiu? Passou pelo Dito, driblou o São Cristóvão, o grandão que carrega os outros nas costas, afastou Laurindo, que escorria como água entre ele e a bola. Fulminante, marcou:

– GOOOOLLL!

Foi então que o Carmelo, no auge do despeito, vermelho até as orelhas, cuspiu bem na cara dele:

– Filho sem pai!

– O que foi que você falou?

– Isso mesmo que você ouviu. Filho sem pai.

Robério caiu na risada, sem acreditar no que ouvia:

– Deixa de falar mentira, cara, todo mundo sabe que eu sou filho do Edmilson, da marcenaria. De onde você tirou essa provocação sem sentido? Acha que eu sou tonto de cair nela? Inventa outra, vai.

Carmelo riu, risada maldosa, sentindo-se vingado. E entregou:

– Pois fique sabendo que eu estava comendo manga na casa da nossa avó quando ouvi ela e a minha mãe conversando. E sabe o que a vovó dizia sem imaginar que eu ouvia tudo? Que a sua mãe, a Deuzeni, teve muita sorte de o Edmilson ter casado com ela, mesmo grávida do namorado que deu no pé, saiu até da cidade.

Robério não aguentou mais tanto desaforo, tanta mentira. Aquele safado precisava de uma lição. E era já!

Partiu pra cima do Carmelo, rolaram no chão de terra do campinho. Os outros garotos, a turma do deixa disso, tentavam apartá-los; mas Robério, louco da vida, não largava o outro, enquanto gritava:

– Mentiroso desgraçado, eu te arrebento!

Parou de bater só quando cansou.

Foi então que o Carmelo deu o bote final, como cobra venenosa:

– Esqueci de dizer o resto que eu ouvi da conversa da nossa avó com a minha mãe – disse Carmelo com um ar sarcástico. – Tá vendo aquela casa amarela? Vai lá, toca a campainha. Quando aquela mulher atender, pergunta pra ela quem é o seu pai de verdade. Ela sabe porque é a sua outra avó. Por isso, quando encontra você, sempre passa a mão na sua cabeça e diz: "garoto bonito". Já vi isso, e você, seu trouxa, nem desconfiou.

Desesperado, sem querer acreditar no que ouvira, mas com a dúvida martelando a sua cabeça, Robério sai chutando pedra, machuca até o dedão. Será verdade aquilo que o Carmelo falou? Garoto mau que afoga ninhada de gatinhos na enxurrada, que mata passarinho com bodoque, amarra lata no rabo de cachorros e gatos, não tem pena de bicho nem de gente.

Provavelmente é mentira, despeito por seu time ter perdido a partida. Mas inventar uma coisa dessas, tão séria. "Seria demais até para o Carmelo", pensou Robério.

E o que ele deveria fazer? Perguntar pra avó e pra tia, nem pensar. Não teria coragem, ainda mais que entregaria o Carmelo, apesar de que ele bem que merecia levar um castigo do qual jamais esqueceria. Mas ele não é dedo-duro. Perguntar pra mãe e pro pai...

Na dúvida, caminhou sem destino, quando percebeu estava na beira do rio. Onde tantas vezes viera pescar com o pai; estremeceu à palavra. Sentou na barranca, vendo a água correndo, tudo tranquilo, barulho da passarada, sol brotando vermelho por entre as árvores, mormaço gostoso subindo da terra – paz?

Algo passou sobre sua cabeça, anunciando:

– Bem-te-vi!

Robério, deitado na terra morna da beira do rio, pensando na vida, coisas misturadas na cabeça: o drible, o gol, a cara maldosa do Carmelo tentando destruir de repente sua vida feliz de menino.

Volta pra casa, vê Edmilson, que serra madeira na pequena oficina que tem em casa. Deuzeni faz doce no fogão.

Chega cabisbaixo, nem cumprimenta.

Deuzeni, mexendo o tacho, repara:

– Ué, Robério, que cara é essa? Todo sujo de terra, brigou com quem?

– Foi nada, não, mãe.

Olhar de Robério, negro como carvão, mas nebuloso de angústia.

Deuzeni larga o tacho, com risco de a goiabada ferver, se perder toda. Pega o filho, põe ele no colo:

– Tão triste, Robério. Conta pra mim, sou sua mãe, sou sua amiga, meu filho.

Robério num repente, despejando a alma pela boca:

– Quem é meu pai?

Impressão dele ou a mãe estremeceu? A goiabada agora ferve no fogo, sem mão amiga para despregá-la do fundo do tacho. Mosca esperta pousa na colher de pau, lambe o resto de doce.

O barulho do serrote continua cadenciado no quintal.

– É o Edmilson, meu filho.

Robério se solta num repelão, olha a mãe no fundo dos olhos, não há escape possível, é uma conversa de homem pra mulher. Atira pra valer:

– Quero a verdade, mãe, chega o que você me enganou a vida inteira.

Deuzeni não foge ao olhar do filho:

– De onde você tirou essa ideia maluca? Quem pôs isso na sua cabeça?

– Foi o Carmelo, ele disse que ouviu uma conversa da nossa avó com a mãe dele. Que o Edmilson casou com você, mesmo grávida de um namorado que não assumiu... Eu não acreditei, mas ele até me mostrou a casa da minha outra avó, mãe do meu pai...

Deuzeni respira fundo, abraça forte o filho:

– Não te enganei não, Robério. Seu pai é o Edmilson, que criou você desde que nasceu. Pai não é só quem põe a gente no mundo, não; pai é quem está sempre presente, cuida pela vida inteira, com amor e carinho.

– Quero saber quem é meu pai de verdade, mãe, o Carmelo não me disse o nome, quero ouvir da sua boca.

Quem disse que o silêncio não fala? Quem foi que inventou um silêncio tão grande? A mosca presa na colher de pau se debate entre a vida e a morte. Também é impressão ou o barulho da serra lá fora parou de repente?

– Conta de novo o que aconteceu – pede a mãe.

Prazer estranho, desmedido, toma conta de Robério. Ele conta tudo, o jogo, o gol, a briga...

Uma sombra aparece por trás deles, na porta. Robério nem repara, mas Edmilson está parado ali, estático, mudo. Move a cabeça, num leve sinal. Robério olha a mãe enxugando os olhos no avental com pingos de goiabada, que ainda ferve, grudando no fundo do tacho.

Robério escapa, desabalado, enquanto a mãe grita:

– Volte aqui!

Edmilson se achega, abraça a mulher, murmura:

– Deixa ele.

Robério galopa pela estrada de terra, vai para onde? Seus passos parecem que têm direção certa.

Mas quer chegar e não quer, aquela revelação foi demais para a sua vida de garoto tão feliz. Por que aquele miserável do primo tinha de contar a verdade? Por causa de um simples jogo de futebol, entregara um segredo tão bem guardado? E por que também a avó de ambos tinha de comentar o assunto com a filha?

Quer parar de correr, mas agora não tem mais volta – tem de confirmar se aquilo é verdade. A mãe também não dera a entender que o primo estava mentindo?

Imerso nesses pensamentos, chega até a casa amarela, aquela que o Carmelo falou, onde mora a sua outra avó. Toca a campainha.

A mulher que atende o convida a entrar. Oferece uma fatia de bolo. E ele, finalmente, desengasga a pergunta que o fez chegar até ali.

– Verdade que você é a mãe do meu pai biológico? Então me diga, por favor, quem ele é, e onde ele está.

Bate na porta, uma mulher jovem com um bebê no colo atende. Duas crianças mais velhas vêm correndo lá de dentro.

– Por favor, meu nome é Robério, posso falar com o Gerson?

– Ele não está no momento, mas não demora. Se você quiser esperar. Quem foi que deu nosso endereço? – pergunta a mulher meio desconfiada.

– Foi a dona Rosa, a mãe dele.

Ao ouvir o nome, a moça relaxa, o convida para entrar.

Robério aceita, entra na casa. As crianças o rodeiam, ele sempre teve jeito para lidar com elas; filho único, sempre desejou ter irmãos – estremece à ideia: será que os três são seus meios-irmãos? E a moça que o atendeu sua madrasta?

Ela é gentil, pergunta se o assunto é importante. Identifica-se como Zulcy, mulher de Gerson. Se ela puder resolver alguma coisa.

Ele diz que não, o assunto é pessoal, apenas com o marido dela. Não demora, ele ouve passos no jardim da casa, a chave gira na fechadura e um homem alto, bonito, moreno de olhos escuros como os de Robério entra na casa e olha curioso para o garoto.

A moça se apressa a dizer: – Este garoto precisa falar com você, diz que é assunto pessoal. Fiquem à vontade que eu vou cuidar do bebê.

Robério e Gerson se olham, o outro está curioso, o que esse garoto quer com ele? Tão parecido com ele próprio que até parece que está olhando para o espelho.

Robério não perde tempo, vai na jugular:

– Verdade que você é meu pai?

Gerson fica pálido, o rosto contraído, presa indefesa diante do predador. E contra-ataca:

– Quem disse isso?

– Foi sua mãe, depois que eu disse o nome da minha mãe, Deuzeni.

– Deuzeni – repete o outro num suspiro. – Entenda, garoto. A gente era muito jovem, eu estava apaixonado, você foi um descuido. Eu não podia assumir um compromisso, então...

– Se mandou, deixando a minha mãe se virar sozinha. A cidade tão pequena, ela, garota grávida e solteira, abandonada pelo namorado. Será que você nunca quis saber o que aconteceu com ela, comigo, seu filho, como conseguiu colocar a cabeça no travesseiro e dormir sossegado? Depois constituiu família, sua mulher nunca soube do seu passado, soube?

– Prometa que você não vai contar isso pra ela, você destruiria uma família, meus filhos.

– E o que adiantaria isso? A Zulcy me parece uma boa pessoa, tem três filhos, engraçado que eu sempre quis ter irmãos. Eu não quero o mal da sua família. Só queria encarar você, porque mesmo que fosse jovem, poderia enfrentar a situação, dar um tempo, assumir seu filho, eu.

– Mas a Deuzeni até que teve sorte. O Edmilson sempre foi apaixonado por ela. Surgiu a oportunidade, ele casou com ela e te assumiu como filho.

O cinismo do outro dá até náusea em Robério. Vontade de partir pra cima dele, como fizera com o Carmelo – o que adiantaria? Assustar a mulher dele, os filhos; ali só quem tem culpa é esse indivíduo, que chamar de canalha é pouco.

– O que você vai fazer? Por que afinal veio me procurar?

– Não vou fazer nada, fique tranquilo. Você tem razão, minha mãe teve muita sorte de encontrar um homem, que, por amor, não se importou de se casar com ela mesmo grávida de outro. Garanto que nunca mais quero olhar para a sua cara.

As palavras da mãe agora ecoam em seus ouvidos: "Pai não é só quem põe a gente no mundo; pai é quem está sempre presente, cuida pela vida inteira"...

Ele veio de tão longe – mas não tem mais nada a fazer ali.

Três dias... Robério não aparece em casa. Deuzeni mal acende o fogão, um desânimo de vida. O serrote de Edmilson permanece jogado no quintal, ao lado da banca de marceneiro.

Perdido, Robério não está. Cresceu ali, a cidade é pequena, as ruas todas se cruzam, e mesmo a mata tem saída fácil para a rodovia, por onde passam caminhões de carga, como aquele que virou na curva, poluindo o rio.

– Será que esse menino pegou carona em algum caminhão? – se pergunta Deuzeni, desesperada com o sumiço do filho. Será que não está passando fome, sem dormir direito?

Carmelo assiste a tudo de plateia, calado como caramujo. Nem imagina que o primo contou tudo para Deuzeni, que fora ele quem revelou a verdade para Robério.

Mas a avó dos garotos não se conforma: era um segredo tão bem guardado. Só comentara com a outra filha, no maior sigilo, sem ninguém em casa.

Decidida a resolver o mistério, vai falar com Deuzeni, que lhe conta que foi Carmelo, num ataque de raiva, quem, depois de ouvir a conversa da avó com a mãe dele, contara a verdade para Robério.

Ao saber da maldade do filho, a mãe do Carmelo dá um castigo do qual ele nunca mais vai se esquecer: deixa de ter celular, ver televisão, usar o computador, sair de casa com os amigos, isso por mais de um mês. E rola na cama, de tanto ódio: – Maldito Robério!

Se soubesse que ia sobrar para ele, melhor que tivesse ficado de bico calado. Ainda mais que o primo, por ser o mais velho, era o queridinho da avó.

– Não se queixe, não – diz a mãe. – Contar segredo de família, estragar a felicidade do seu primo, nunca pensei que tivesse criado um monstro. Se seu pai estivesse aqui, você ia ver só.

Não contente, a avó de Robério vai também até a casa amarela e tem uma conversa franca com a outra avó do garoto. Então fica sabendo que ele esteve lá, e exigiu saber o nome do pai biológico e onde ele mora.

Em casa, Deuzeni não para de chorar, uma tristeza sem fim, tristeza graúda como jabuticabas da estação. Enche o coração, sai pelos poros, parece que até o sol amortalhou a terra num calor sem sentido, opressivo.

– Coma um pouco, querida – pede Edmilson. – Desse jeito você acaba doente.

– Não adianta, não sinto fome. Só quero meu filho de volta.

– Nosso filho – emenda Edmilson.

– O Robério foi procurar o pai, com certeza, lá na cidade onde ele mora. Minha mãe descobriu que ele foi até a casa da outra avó, e exigiu saber nome e endereço do pai biológico.

– Vou atrás dele!

Deuzeni reage rápida:

– Vai, não, não adianta mais. Deixa ele se entender com o Gerson.

– Você tem razão, a gente só pode esperar.

O bem-te-vi de peito amarelo e penas lustrosas passa cantando seu grito corriqueiro. Abelhas constroem uma colmeia sobre a porta – sinal de sorte?

Três dias...

A água secou no fundo do pote, fogão apagado, parece que a casa inteira morreu. Até as galinhas se encorujam nos poleiros, e o vira-lata dorme enroscado em si mesmo, debaixo da bananeira. Uma mosca varejeira insiste em entrar pelo seu ouvido. Ele acorda, espanta a mosca, a mosca volta, e assim a coisa se repete, repete, repete, repete...

Na curva da estrada agora um vulto, é alguém que chega.

Deuzeni alonga o olhar, o coração muda de ritmo.

Chama Edmilson, que põe a mão em concha sobre os olhos, grita:

– É Robério!!!

A mãe quer correr, sair ao encontro do filho, as pernas até já formam o arco da corrida. O marido diz:

– Espere, mulher!

Robério vem vindo, pela estrada, vem triste, não, de longe ouvem o assobio fininho, de quando era um garoto feliz, jogando futebol no campinho. Mãos no bolso, ar tranquilo na manhã ensolarada.

– Faça de conta que ele saiu agorinha – aconselha Edmilson.

Ela faz que sim, toda ela arde de aflição, quer correr, agarrar o corpo miúdo, estreitar, beijar... mas sabe que não deve, Edmilson é homem sereno, sábio e sereno, sabe das coisas, então ela espera...

Robério vem vindo, vindo, leve, trigueiro, passa pela cancela da entrada, afaga o vira-lata, que ainda briga com a mosca varejeira, chuta uma lata vazia, perdida no terreiro, ergue o serrote caído no chão, coloca sobre a banca de marceneiro.

Edmilson apenas sorri, sorriso feliz que se espalha pelo rosto.

Deuzeni torce as mãos, febril, a custo se segura, o mundo voltou a girar, grande/imenso mundo todo azul, é Robério que volta pra casa, são e salvo – é seu menino que retorna depois de três dias, era perdido e ei-lo achado, que passa por eles e diz:

– Oi, pai. Oi, mãe!

PROCURANDO POR MIM...

“Nada explica nem consola.
Tudo está certo depois.
Mas a dor que nos desola,
a mágoa de um não ser dois –
nada explica nem consola.”
(Fernando Pessoa)

MEU NOME É ARTUR, EU TENHO a mania de surfar no computador. Na escola, em casa, onde der. Ele é a minha praia.

Fico horas trancado no quarto sem falar com ninguém da família. Quando digo família, digo, minha mãe e eu.

Ela me chama várias vezes para ir jantar, eu nem aí. Até que ela se irrita e diz:

– A comida já esfriou. Se quiser, que esquente. Qualquer dia eu ainda jogo esse aparelho no lixo.

Mentira, blefe, o meu computador eu ganhei do namorado da minha mãe, o Moacir, coisa que ela detestou, mas não pôde evitar, para não desagradar o cara que quis ser gentil. Eu pago pra ver se ela cumpre a promessa. Sem ele, digo, o computador, que eu até apelidei de Brother, eu não vivo mais. E, enquanto durar o amor, tô sossegado.

Aliás, já reparou que hoje em dia, em toda parte, mesmo em consultórios médicos, esperando consultas, quando um liga o celular é como se fosse um contágio; logo o vizinho de cadeira, depois outro e mais outro sacam seus aparelhos e surfam como eu?

Mesmo em restaurantes, sentados à mesa, ninguém conversa, todo mundo ligado, falando, até em voz alta – é como uma reunião de estranhos, pior do que homens das cavernas. Talvez aqueles, roendo suas caças, se comunicassem melhor.

A mãe diz que estamos virando pessoas que só mandam e recebem mensagens eletrônicas, como se fossem todas alienígenas – alô, Terra, aqui fala Marte.

Ela odeia celular, fica perplexa ao ver as pessoas falando ou digitando nos aparelhos, mesmo quando atravessam as ruas sem olhar se vêm carros ou motos – muitos morrem assim, atropelados.

Ela chama isso de obsessão, doença.

Eu fico na minha. Mas o perigo existe.

Aconteceu na minha escola uma coisa que, aliás, vem se repetindo... Uma garota mandou para o namorado, via celular, fotos dela quase nua, em posições eróticas. O garoto, muito safado, reenviou para toda a classe as fotos recebidas.

Já viu, né, a confusão que deu. A garota pirou, pois se tornou a gozação da classe, teve até de mudar de escola; os pais dela processaram os pais do namorado, que tiveram de contratar advogado para se defender.

Outro dia também deu no jornal que uma garota se correspondia por uma rede social com amigas e um dia começou a receber mensagens de outra menina estranha.

O pai da garota – que sempre olhava as conversas da filha, por uma questão de prudência – começou a estranhar o rumo que as mensagens iam tomando, cada vez mais erotizadas.

Preocupado, ele explicou à filha o perigo que ela corria correspondendo-se com uma pessoa desconhecida. Quem garantia que era mesmo uma garota?

A filha entendeu e concordou que o pai trocasse a sua senha e ficasse se correspondendo com a outra garota, só por precaução.

Quando as mensagens chegaram a um ponto tal que a outra garota quis marcar um encontro, ele, desconfiado, topou. Mas, antes de ir, avisou a polícia.

Não deu outra: chegou ao local um homem dirigindo um carro – era um pedófilo que vinha se encontrar com a garota.

O pai, revoltado, bem que gostaria de dar uma lição naquele que se fazia passar por uma garota para aliciar crianças inocentes. Foi a custo que conseguiu se controlar; sua vontade era arrebentar aquele ser desprezível.

De qualquer forma, o aliciador foi preso em flagrante. Depois souberam que ele teria deixado um filho sozinho em casa.

Então, pensando nisso, acho até que minha mãe pode ter um pouco de razão. Nunca é demais desconfiar.

Moacir é um cara legal. A gente bate altos papos. Ainda mais que nós dois somos apaixonados por cinema – temos coleções de DVDs, principalmente de filmes de suspense. Também curtimos séries de TV com histórias de investigação e tribunais.

Outro dia, Moacir, que é advogado, e eu estávamos em casa, esperando a minha mãe chegar do trabalho. Ele comentou comigo que há uma campanha no país para encontrar pessoas desaparecidas, que são milhares por ano, principalmente crianças. E, para facilitar a busca, existe até um *site* com fotos atualizadas dessas crianças.

Segundo ele, muitas pessoas estão envolvidas nessa campanha, inclusive artistas famosos. Até o Conselho Regional e o Conselho Federal de Medicina alertam para que prontos-socorros e consultórios médicos fiquem atentos quando atenderem crianças: se existe vínculo afetivo aparente entre os supostos pais; se há semelhança física entre eles. Podem até exigir certidão de nascimento em caso de dúvida.

Ele completou dizendo que há um grupo de Mães da Praça da Sé, em São Paulo, que procuram por seus filhos – inspiradas no movimento das Avós da Praça de Maio, em Buenos Aires, que procuram os netos dados para adoção, depois que seus pais foram mortos pela ditadura argentina.

Achei isso espetacular. Logo a minha mãe chegou e a gente mudou de assunto e fomos jantar.

Mas a conversa que eu tive com o Moacir mexeu comigo. Comovido com aquela informação, resolvi também fazer parte da campanha, e entrei no *site* com atualização de imagens das crianças desaparecidas.

Durante dias, fui surfando pelas fotos, tranquilo, até que... inesperadamente, tomei o maior susto da minha vida!

Não acreditei no que estava vendo com meus próprios olhos – a foto atualizada de um garoto desaparecido anos atrás...

ERA EU!!!

Dei um pulo da cadeira, me estatelei no chão. Meu coração mudou de ritmo – aquilo não era possível, eu tinha certidão de nascimento, minha mãe contava que meu pai morreu jovem, quando eu era criança, nem me lembrava dele. Ficamos só eu e ela, nem avós eu tinha mais.

Ela sempre foi mãe dedicada, meio chata às vezes, implicando com meu computador – será que o motivo era para eu nunca descobrir que fora roubado? Talvez até por ela... mas de quem?

Imagine se ela estivesse presente quando o Moacir me contou aquela história... Será que ela o interromperia? Ou faria cara de desentendida? Será que ela era uma atriz completa, capaz de esconder por décadas a verdade?

Meu mundo de garoto feliz desabou naquele instante – castelo de areia que as ondas do mar destroem sem piedade.

Atordoado, eu não sabia o que pensar nem fazer.

Enfrentar a minha mãe, colocá-la contra a parede, fazê-la contar a verdade? Mas existiria essa verdade?

Falar com o namorado dela, que me contara sobre esse *site*? Podia mostrar a ele minha foto atualizada no *site*. Mas será que a minha mãe me perdoaria, depois de ter encontrado, finalmente, alguém legal para se relacionar, depois de tantos anos sozinha? Cada vez que o Moacir chegava em casa eu ficava em dúvida se deveria me abrir com ele. Afinal, graças a ele eu descobrira meu rapto.

Ou me socorrer com alguém que pudesse me ajudar? Mas quem? Eu não tinha avós, nem ninguém da família. Minha cabeça rodopiava, eu não conseguia me concentrar em pensamento algum. Era como se tivesse sido engolido por uma onda gigante: um *tsunami*.

Restava a esperança de eu ter sido adotado – mas, nesse caso, não poderia constar meu retrato como garoto desaparecido. Parecia filme de mistério, pior, filme de terror.

"Não se iluda", pensei.

A única solução que me ocorreu, depois de instantes imerso no maior desespero, foi falar com uma professora da escola da qual eu ficara muito amigo e era uma pessoa legal, que tratava os alunos com carinho.

Quando minha mãe me chamou para jantar, fechei às pressas o computador e desci, ainda atordoado.

Ela até estranhou:

– Que cara é essa? Parece que viu fantasma. Desde quando você enjoa do computador?

Moacir respondeu por mim:

– Pare de pegar no pé do garoto. Todo jovem anda ligado nisso; dei de presente porque sabia o quanto ele queria um computador.

A mãe nem respondeu, e eu comi em silêncio.

Passei a noite em claro, aguardando ir logo para a escola falar com a dona Valdirene.

Ao me ver, ela comentou:

– Nossa, Artur, você está abatido. Aconteceu alguma coisa? Ficou doente?

– Preciso urgentemente falar com a senhora, estou com um problema terrível que não me deixou dormir.

– Pois fique depois da aula e falamos em particular. Tudo tem solução.

Eu não via a hora de as aulas terminarem.

Quando o sinal de saída tocou, fui procurar a dona Valdirene.

Num ímpeto, contei a ela o que havia descoberto no *site* de pessoas desaparecidas. Após desabafar, não consegui evitar os soluços, enquanto suplicava:

– Me ajude, por favor, não tenho ninguém a quem recorrer. O garoto que eu vi no *site*, além de ter o meu rosto, tem a minha idade, 15 anos. Sou eu mesmo, eu mesmo!

Dona Valdirene ficou impressionada com a revelação. Tentou me acalmar com um copo d'água com açúcar, enquanto também se recuperava.

Depois pediu que eu abrisse no computador da escola o *site* de pessoas desaparecidas. Era uma coisa tão inacreditável, que ela precisava de uma confirmação.

Depois de alguns minutos, digerindo a notícia, ela disse, resoluta:

– Isso não pode ficar assim. A coisa toda está muito esquisita. Preciso contar para a diretora da escola, que chamará sua mãe para esclarecer esse assunto. Se for verdade, em algum lugar talvez existam parentes seus procurando por você há muito tempo. Talvez seja o seu pai.

– Mas minha mãe disse que ele morreu quando eu era pequeno, e nem me lembro dele.

– Precisamos tirar tudo isso a limpo. Se não for seu pai quem procura você, talvez seja um avô, uma avó.

– Procurando por mim... – suspirei. – E se eu mesmo perguntasse à minha mãe?

– Você garante que ela contaria a verdade?

– Não tenho certeza.

– Então, é melhor mesmo a diretora chamar sua mãe para ela nos explicar o que significa seu retrato atualizado no *site* de pessoas desaparecidas. Caso ela se recuse, a diretora pode acionar o Conselho Tutelar, que intimará sua mãe a contar a verdade. De qualquer forma, vamos dar, por enquanto, a ela, o benefício da dúvida. Ela nem pode estar sabendo que seu retrato se encontra no *site* de pessoas desaparecidas. Não a julgue, ela pode ser inocente.

– E o que eu faço?

– Aja naturalmente. Como eu disse, poder ter havido um grave engano. Você é um bom garoto, e faço questão de apoiá-lo nesse instante tão dramático que você está vivendo.

Seguindo o conselho da professora, o difícil foi voltar para casa e fazer de conta que estava tudo normal. Beijar minha mãe, jantar normalmente, fazer a lição de casa, depois inventar uma desculpa e subir logo para o meu quarto.

Evitei acessar o *site* de pessoas desaparecidas. Vai que a mãe entrasse de repente no quarto...

Fingir nunca foi minha praia – eu sempre fui um garoto sincero, nem conseguia mentir; caso contrário, ficava vermelho, gaguejava, todos percebiam que eu estava mentindo.

Além de o meu mundo cair, a figura materna também se esvaía, como se ela fosse uma estranha, não a mãe que eu sempre amara e respeitara.

Será que ela havia me raptado? E de quem ela havia me roubado? Será que alguém da família me procurava por anos a fio, até mesmo meu pai?

Não havia nenhuma foto dele na casa. A mãe dizia que ele havia morrido quando a casa em que a gente morava pegou fogo, e ele morreu para nos salvar, enquanto tudo lá dentro também queimava.

Teria minha mãe a capacidade de inventar tamanha mentira? Será que, além daquela terrível descoberta, eu também descobriria que a mãe que eu amava era capaz de me enganar desde que eu era uma criança?

Algo dentro de mim se revoltava, não conseguia acreditar. Tinha de haver outra resposta para tantas perguntas.

Minha mãe não combinava com uma pessoa mentirosa, enganadora. Tão carinhosa, cuidando do filho único, como um filhote no ninho, ciumenta até.

Mas agora não tinha volta: ela teria de dar explicações à diretora da escola e até mesmo ao Conselho Tutelar, se necessário. Era torcer, como dissera dona Valdirene, para que o meu retrato no *site* de pessoas desaparecidas não passasse de um engano, tinha de ser um engano, precisava ser um engano! Até lá, eu não conseguiria dormir em paz.

A diretora da escola, informada do ocorrido, não tardou a chamar a minha mãe para esclarecer a minha foto no *site* de pessoas desaparecidas. Por garantia, também acionou o Conselho Tutelar.

Após receber a intimação, minha mãe parecia desolada e descontou em mim:

– Isso está me parecendo coisa sua. Você vive ligado nesse computador. Por que me colocou em apuros com a diretora da escola e até com o Conselho Tutelar? O que você ganhou com isso? Só me fez passar vergonha...

Não deixei ela completar a frase:

– Passar vergonha? Você imagina como eu me senti ao encontrar a minha foto no *site* das pessoas desaparecidas?

Ela ficou sem fala por uns minutos.

Eu não dei arrego:

– Fale a verdade. Você me deve isso.

– Devo o quê?

Explodi:

– A verdade, mãe, a verdade. Eu sou mesmo seu filho? Você me sequestrou? E se foi isso, quem é minha mãe verdadeira? Eu ainda tenho pai? Quantas mentiras você contou nestes anos todos? Eu precisava descobrir a verdade numa tela de computador? Imagina o que isso me fez sofrer?

A mãe caiu sentada na cadeira. As lágrimas escorriam pelo seu rosto. Ela pegou minhas mãos e entregou:

– Você tem razão, merece a verdade.

Esperei até que ela se acalmasse.

– Eu não sequestrei você, Artur, você é meu filho. Mas não é o único. Eu tive filhos gêmeos idênticos. Antes que vocês tivessem a certidão de nascimento, ainda na maternidade, o seu irmão foi roubado.

Eu escutava atônito, quase em estado de choque. Mas ainda tive forças para contestá-la:

– Se você me enganou antes, como vou acreditar em você, agora? Você pode provar isso?

– Me ouça, por favor, eu disse que contaria a verdade. E tenho como provar. Seu irmão foi mesmo sequestrado. Por sorte ainda me deixaram você. Eu e seu pai ficamos desesperados, fizemos tudo o que podíamos naquela situação: acionamos a polícia, distribuímos cartazes com a foto do bebê, que era absolutamente idêntico a você.

– E quanto ao meu pai? Ele morreu mesmo no incêndio? – enquanto não soubesse toda a verdade, eu não daria sossego à minha mãe.

– Morreu num ato de heroísmo para me salvar e ao único filho que havia sobrado, você.

– E quem colocou a minha foto atualizada no *site* de crianças desaparecidas? Se o meu pai morreu no incêndio...

– Quem você acha que foi? – disse ela, olhando bem nos meus olhos.

– VOCÊ!!!

– Como vocês eram idênticos, à medida que você crescia eu fui postando as suas fotos. A última que você viu é a mais recente, por isso você se reconheceu.

A mãe me abraçou forte como nunca fez antes. E completou entre lágrimas:

– Eu também faço parte das Mães da Praça da Sé. Há anos que procuro pelo meu amado filho. Tenho a esperança de um dia ainda encontrá-lo.

– E por que você nunca me contou isso? – perguntei, comovido. – Eu nunca imaginei que pudesse ter um irmão, e ainda por cima gêmeo. E pensar que eu sempre quis ter irmãos.

– Não queria estragar a sua infância, sua alegria de viver. Bastava eu para sofrer...

Eu só pude sussurrar ao ouvido da minha mãe, com a maior sensação de alívio:

"MÃE, TE AMO!!! A GENTE AINDA VAI ENCONTRAR MEU IRMÃO, ESTEJA ELE ONDE ESTIVER".

A mãe de Artur deu todas as explicações para a diretora da escola e também para o Conselho Tutelar.

Como prova de que dizia a verdade, a maternidade onde ela tivera os filhos gêmeos confirmou que um deles havia sido sequestrado. A delegacia onde os pais fizeram o boletim de ocorrência também achou o documento.

Além disso, a mãe de Artur guardara alguns cartazes que haviam sido distribuídos pelas ruas da cidade, quando procuravam, desesperadamente, o filho sequestrado.

A certidão de óbito do pai de Artur também foi encontrada em cartório e mostrada às autoridades competentes.

Fora apenas por uma questão de amor, para que Artur não sofresse com a revelação do sofrimento materno, que os fatos lhe foram escondidos.

Moacir ficou comovido ao saber que seu comentário a respeito do *site* de pessoas desaparecidas tivesse como desfecho de o garoto saber a verdade sobre seu irmão gêmeo.

Então, ele também resolveu participar da procura do outro bebê sequestrado. Isso uniu os três cada vez mais.

Artur agora até encara com simpatia a possibilidade de ver Moacir e a mãe casados. Ele sente falta de um irmão, mas também de um pai. Ainda mais que o advogado é um cara legal.

Talvez – por uma questão de sorte – ele consiga ter ambos!

SEM NEM DIZER ADEUS...

“Quando é que eu serei da tua cor,
do teu plácido e azul encanto,
ó claro dia exterior,
ó céu mais útil que o meu pranto?”
(Fernando Pessoa)

CHEGOU À MATERNIDADE PRES- tes a dar à luz.

Seu estado físico era deplorável: suja, roupas em frangalhos, cabelos eriçados, como se nunca fossem penteados. Adolescente, não teria mais que 15 anos. Sua boca estava ferida, os lábios queimados, e dentes maltratados pelo uso contínuo do cachimbo no qual fumava as pedras de *crack*.

Ela nem saberia dizer quem era o pai do filho por nascer, devido ao estado de inconsciência que a droga a deixava. Vivia na rua, em meio a outros dependentes, em condições miseráveis. Muitas vezes amontoados em favelas à luz do dia, sem condições de higiene.

Após consumir as pedras que os tornavam escravos, ficavam largados, apáticos, até que a vontade de mais consumo tomasse conta deles; mas não havia o que desse jeito, a não ser que concordassem em ser internados e passar por tratamentos de desintoxicação.

Enquanto ficavam longe da droga, pareciam livres dela. Saindo das clínicas, em muitos casos, a fissura voltava. Logo estariam nas ruas, fugindo da polícia ou dos agentes de saúde que tentavam convencê-los a se tratar. Abandonados pelas famílias, cansadas dos roubos de tudo que tivesse valor e das ameaças por dinheiro, eram como zumbis, vagando de um lugar para outro... Pessoas que tinham emprego perdiam tudo; era só experimentar a droga que ficavam à mercê dela. Pior era para as mulheres. Algumas se prostituíam, contraíam doenças venéreas e até ficavam grávidas; no desespero de conseguir mais pedras, entregavam-se a qualquer um.

Quanto à garota recém-chegada, tiveram de livrá-la dos trapos, dar-lhe um banho para que tivesse o filho em condições dignas e sem perigo para ele.

Era um menino saudável, embora não se soubesse que sequelas teria por conta da gestação da mãe usuária de drogas.

Assim que teve o filho, ela pareceu ter momentos de ternura. Chegou até a amamentá-lo.

Mas isso não durou muito.

Quando a fissura pela droga voltou, ela se desesperou e fugiu da maternidade, voltando para a sua vida nas ruas. E lá o menino ficou, sem nome, como se fosse um pequeno animal abandonado.

Outras garotas vieram para dar à luz na maternidade. Talvez as assistentes sociais que percorriam as ruas as tivessem orientado nesse sentido.

E igual à mãe do garotinho – que nem dissera o próprio nome –, elas também, assim que tiveram oportunidade, fugiram, deixando os filhos à própria sorte.

Meninos e meninas, sem certidão de nascimento, sem existência legal, se tivessem morrido, não teriam sequer existido. Quantos neste imenso país, tomados pelas pedras que destruíam vidas, não existiriam?

Os bebês tiveram vários destinos.

Alguns tiveram adoção fora da lei – uma funcionária da maternidade, sem filhos e apaixonada pela criança, a registrava como filha natural nascida em casa, com a ajuda de duas testemunhas falsas. Essas crianças seriam tratadas com carinho pelas mulheres com instinto maternal que as levava a correr os riscos.

Mas e as outras? Que destino teriam?

A sorte de alguns bebês era que alguém da família da mãe, geralmente a avó, depois de lutar durante muito tempo para tirar a filha das ruas e da dependência da droga, descobria que ela estava grávida sem nem saber de quem.

Foi o caso de Marta, mãe de Anderleuza.

Inconformada com a falta de notícias da filha, que tomara rumo ignorado, ela a procurou por todos os lugares onde os dependentes de *crack* se aglomeravam, fugindo da polícia ou mesmo dos agentes de saúde que tentavam contatá-los.

Depois do trabalho, ela percorria as ruas, na esperança de encontrar Anderleuza, que fora introduzida na droga pelo namorado.

O rapaz, antes de se envolver com a droga, tinha família, emprego e saúde. Até que, por curiosidade, consumiu a primeira pedra de *crack*. Daí, escravizado pela fissura na droga, não largou mais de usá-la, e convenceu a namorada a acompanhá-lo.

Aos poucos, perdeu emprego, família, saúde. Acabou tomando rumo ignorado, enquanto Anderleuza, já viciada, ignorando as súplicas maternas, foi viver nas ruas.

Marta, porém, não desistia. Foram dias, meses, à procura da filha. Horrorizada, via os estragos que a droga fazia com seus dependentes. Nem pareciam mais humanos, tamanha a degradação física.

Era só aparecer um traficante, que dezenas se amontoavam em torno dele, disputando até migalhas das pedras que caíam ao chão.

De repente, a polícia aparecia, e o tumulto se instalava. O traficante sumia e os dependentes da droga se espalhavam até que se juntassem em outro lugar.

Marta persistia. Encontrar a filha tornou-se o motivo principal da sua vida.

Tanto fez que, tempos depois do desaparecimento de Anderleuza, a encontrou, grávida, e sem saber, como tantas outras, quem era o pai da criança.

Quando Anderleuza mudava de lugar, Marta a encontrava. E levava alimentos, roupas, que ela sabia a filha logo trocaria por droga.

Ela suplicava:

– Pelo menos fique com um cobertor para não passar frio.

Quando Anderleuza entrou na maternidade para dar à luz, Marta foi avisada por uma enfermeira sua amiga, que, por sorte, trabalhava no local e sabia do seu esforço para resgatar a filha.

Quando a criança nasceu, a avó estava presente.

O bebê era uma menina. Na maternidade, constataram que era saudável, apesar da vida miserável levada pela mãe, uma adolescente.

Marta entrou imediatamente com um pedido de guarda, que, por motivos humanitários, lhe foi concedida. Ela tinha outros filhos. O marido morrera mais por desgosto do que por doença, depois de tentar salvar a filha da droga. Seu coração não aguentou saber que a sua menina vivia nas ruas, em meio à degradação.

Os irmãos de Anderleuza não aceitaram muito bem a vinda da menina, por várias razões: além dos ciúmes, ainda tinham na memória tudo que ela aprontara. Roubou deles tudo que era possível: *laptop*; telefone celular; dinheiro; enfim o que pudesse ser trocado por pedras de *crack*.

Agora ainda teriam de conviver com a garotinha – à qual a mãe dera o nome de Rosângela. Quando ia trabalhar, uma das tias precisava cuidar da bebê, o que fazia de má vontade.

O caso de Anderleuza era exceção. Nem sempre a avó da criança tinha a disposição de encontrar a filha, nem condições de criar o bebê, seja por idade avançada, motivo de doença, ou dificuldade financeira.

Marta internara Anderleuza várias vezes; e, enquanto estava se tratando, ficava longe da droga. Mas chegava uma hora em que, na fissura, desesperada, ela fugia, tomando rumo ignorado.

E assim recomeçava o calvário de Marta.

Depois que deu à luz, Anderleuza também desapareceu, como tantas outras, da maternidade.

Enquanto isso, Rosângela crescia e se tornava uma menina carinhosa que chamava a avó de mãe.

Certo dia, uma reportagem de TV mostrou uma região da cidade onde os viciados em *crack* se reuniam. Num terreno vazio, haviam instalado uma espécie de favela, por onde circulavam, como zumbis, à espera do traficante.

A câmara focou em uma das mulheres que perambulava por ali, parecendo atordoada...

Um dos irmãos de Anderleuza a reconheceu, em meio à turba, apesar dos andrajos e do seu aspecto abatido.

– Olha lá a sua mãe! – apontou ele para Rosângela, sentada a seu lado. – Quem você chama de mãe é a sua avó. A sua mãe se chama Anderleuza e vive na rua. Você sabia disso?

A garota, espantada, e sem querer acreditar, correu a se refugiar, aos prantos, no colo da avó, que, ao saber do ocorrido, foi enfrentar o filho:

– Como você pôde? O que você ganhou com essa maldade? Tanto ódio no seu coração. Precisava descontar numa criança inocente?

– Que você ama mais do que a seus próprios filhos – respondeu o outro, tentando se defender.

– Que mentira, eu sempre amei todos vocês, ainda mais depois que seu pai morreu de desgosto. Um filho que se desgarra da família é um sofredor, a gente tem de proteger. E o que você queria que eu fizesse? Que abandonasse a minha neta num abrigo quando ela tem família, avó, tios?

– Por mim ela poderia ter sido adotada por outra pessoa, pagar pelos pecados da mãe, aquela maluca que destruiu a nossa família, até matou nosso pai – disse a outra filha.

– O mal já está feito e não adianta consertar. Espero que algum dia se arrependam, Anderleuza é irmã de vocês, precisa de ajuda – disse Marta, espantada com tanta falta de compaixão.

Rosângela, estarrecida com a revelação, suplicou que a avó confirmasse ou não o que o tio dissera. Marta resolveu contar a verdade: Anderleuza era mesmo sua mãe, mas tivera a infelicidade de se viciar em *crack*. Era doente, e precisava de tratamento. Mas, enquanto vivesse nas ruas, era melhor Rosângela não conhecê-la.

– E por que nunca me contaram isso? – explodiu Rosângela. – Eu precisava descobrir desse modo, pela maldade do meu tio? Que horror, saber que minha mãe vive na rua, no meio daquela imundície. Nem sei o que ela parecia... um zumbi!

– Calma, meu bem – tentou consolar a avó. – Nada está perdido. Quem sabe eu consiga convencer sua mãe a se tratar. Mas, no estado em que ela está, não convém você conhecê-la.

– Por que não? – contestou a menina. – Quem sabe, me vendo, ela resolva abandonar as drogas.

A avó suspirou – como reagiria a neta se soubesse que fora abandonada ainda bebê na maternidade?

Naquela noite, Rosângela sonhou que estava na rua, em meio àqueles seres andrajosos, que se amontoavam em cubículos imundos, fumando seus cachimbos.

Acordou, gritando... A avó veio em seu socorro:

– Calma, foi apenas um pesadelo.

A garota soluçava nos braços da avó:

– Foi igualzinho ao que vi na reportagem. Pensar que a minha mãe está entre eles... Eu nasci... na rua? – perguntou angustiada.

– Não, minha querida, você nasceu numa maternidade, como toda criança; e eu estava lá quando sua mãe deu à luz.

– E então ela voltou para as ruas – completou a menina. Ela me... abandonou? E se eu não tivesse você, vovó? O que teria sido de mim?

Marta apertou a neta em seus braços. Só conseguiu dizer:

– Eu sempre estarei aqui com você, meu amor.

Tanto a neta insistiu, que Marta foi procurar por Anderleuza.

Peregrinou sem descanso até encontrá-la.

Então, mostrou para a filha a fotografia da linda menina que Rosângela se tornara:

– Olha a sua filha que você abandonou na maternidade. Ela deu sorte porque eu a criei com todo amor e carinho. Ela descobriu que você é mãe dela e quer conhecê-la. Isso se você se internar para tratamento; caso contrário, nem pensar. Jamais traria a menina para este lugar.

– Como é o nome dela?

– Rosângela.

– Que idade ela tem?

– Nem isso você lembra. Tanto tempo perdido. Olhe o estado em que você está. Mais um pouco, você morre sem nem conhecer a própria filha. Ela terá um destino melhor que o seu, me dará alegrias, já pensou no sofrimento que você causou a mim e a seu pai durante todos estes anos? Nós também a criamos com todo amor e carinho.

As lágrimas de Marta juntaram-se às de Anderleuza. Ela abraçou a mãe – esta sentiu o corpo mirrado, que cheirava mal, os cabelos, antes tão lindos, agora sujos e maltratados.

– Por favor, filha, desista desta vida enquanto é tempo. Quem cuidará da sua filha quando eu me for? Seus irmãos têm ciúmes da menina, guardam muito rancor por sua causa.

A voz de Anderleza saiu rouca:

– Me ajude, mãe, eu não aguento mais esta vida. Talvez morrer fosse melhor do que isto.

– Por favor, filha, não desista tão fácil. Concorde em ser levada a uma clínica. Depois que se desintoxicar, poderá conhecer sua filha.

Anderleuza assentiu com a cabeça. Tentou pegar uma trouxa de roupas, a mãe a impediu:

– Largue esses trapos, vamos falar com algum agente de saúde para que a encaminhe.

Meses depois...

Rosângela, acompanhada pela avó, foi conhecer Anderleuza na clínica para adictos de *crack*, onde continuava internada.

Ela ganhara peso, apesar de os anos de vício terem deixado marcas em seu corpo. Tivera de tratar os lábios queimados e os dentes destruídos pela droga. Nem de longe lembrava a garota bonita que fora antes de viver nas ruas. Mas estava apresentável para conhecer a filha.

– Prometa que nunca mais vai usar essa droga. Mesmo depois de sair daqui. Então a gente pode morar juntas na casa da vovó – suplicou Rosângela, abraçando a mãe.

Anderleuza, tomada de emoção, respondeu:

– Eu vou tentar, prometo que vou tentar.

Anderleuza saiu da clínica disposta a nunca mais se deixar dominar por qualquer tipo de droga e mesmo sob a opinião contrária dos irmãos, foi morar com a mãe e a filha. Marta precisou ser direta:

– Mesmo que não estejam de acordo, Anderleuza fica. Aqui é a casa dela. Vocês deviam mais é dar apoio ao esforço que ela está fazendo para se livrar da droga.

Apesar de inconformados com a situação, acabaram aceitando a presença da irmã.

Rosângela não cabia em si de tanta alegria ao ter a mãe a seu lado.

Para Anderleuza, por enquanto era melhor tentar reviver!

TÃO LONGE, TÃO PERTO

"Para ser grande, sê inteiro; nada
Teu exagera ou exclui.
Sê todo em cada coisa. Põe quanto és
No mínimo que fazes.
Assim em cada lago a lua toda
Brilha, porque alta vive."
(Ricardo Reis, heterônimo
de Fernando Pessoa)

MADRUGADA AINDA, LÍVIA OUviu um choro vindo de fora. Levantou, vestiu o roupão e abriu a porta da casa. Um susto! Deu com um bebê enrolado numa manta, com um bilhete preso por um alfinete: "Por favor, cuide da minha filha por mim".

Espantada com o encontro, estremeceu, ficando sem saber o que fazer por alguns momentos. Era uma coisa inusitada, jamais esperou passar por uma experiência como essa.

A bebê, como se respondesse ao seu espanto, recomeçou a chorar ainda mais forte, como se pedisse socorro.

Quando tomou a criança nos braços, ela parou de chorar. Já estava muito fria por causa do sereno. Quando abriu a manta, já dentro de casa, percebeu que a menina era recém-nascida, ainda com o cordão umbilical. Como já era mãe de cinco filhos e tivera um deles em casa, auxiliada por uma parteira, sabia como proceder. Sem mais demora, cortou e ligou o cordão umbilical.

Sempre quisera uma filha, mas tivera apenas filhos homens. Será que a sorte agora lhe sorria, deixando à sua porta a tão desejada menina?

Ainda amamentava o filho mais novo, de 1 ano e meio, tinha muito leite, e o garoto teimava em não desmamar. Por coincidência, o filho também começou a chorar de fome. Foi o tempo de colocar ambos em seus seios. A garotinha mamou com gosto.

Ela tinha tantos filhos, praticamente um por ano, que ninguém na pequena cidade onde vivia se surpreendeu que ela tivera mais uma. Como a garota era pequenina, todos supunham que fosse prematura e nascera em casa. Ajudava o fato de que a suposta mãe ainda nem recuperara o peso adquirido na última gravidez.

Parecia que o destino ajudava em tudo, como se dissesse: “Ela agora é sua filha, você merece”.

Desde que Lívia encontrara a bebê na porta de casa, ela e o marido, Rafael, discutiam entre eles se entregariam a menina aos órgãos competentes (delegacia, Vara da Infância e da Juventude e Conselho Tutelar).

Na realidade, adotá-la era o que eles mais queriam, pois ambos estavam apaixonados por Beatriz, o nome que lhe deram. Mas também sabiam que o fato de ter achado a bebê não garantia que ficariam com ela; havia uma fila de candidatos à adoção que deveria ser seguida.

Mesmo correndo o risco de serem descobertos, decidiram que não entregariam a menina; eles seriam seus pais dali por diante. Se a própria mãe assim decidira, talvez por sabê-los excelentes pessoas, por que declinariam dessa maravilhosa doação?

A bebê era saudável e se desenvolveu tão bem quantos os outros "irmãos".

Tratada e amada como filha, foi cuidada e alimentada, e desenvolveu um amor fraternal pelos irmãos, que a adoravam.

Por ser a única menina entre os garotos, eles a aceitaram sem nenhum problema, transformando-se em seus protetores. A mãe disse para eles que tivera a bebê em casa, como no caso anterior. Eram ainda muito pequenos, e não a questionaram.

Quando saía com os seis, na rua, todos cumprimentavam Lívia pelo cuidado em relação aos filhos:

sempre bem-vestidos, com aparência saudável, uma família feliz.

Beatriz cresceu.

Os pais também decidiram que, para poupar sofrimento à filha, não contariam à garota a forma como fora encontrada: deixada na porta da casa deles. Ela era tão feliz, entrosada na família, por isso achavam que não havia motivo para estragar essa felicidade.

Agarrada à mãe, até pela convivência diária, ficou parecida com ela. Ambas tinham cabelos cor de pinhão, que contrastavam maravilhosamente com os olhos verdes da garota.

Lívia não poupava esforços para dar à filha os brinquedos favoritos, belas roupas. Ela era sua princesa, e, de certa forma, a criança mais amada de todas. Talvez porque representasse um sonho acalentado por tanto tempo...

Só havia um senão que atormentava tanto Lívia quanto Rafael: a garota não tinha registro de nascimento. Crescera como uma bela flor que, juridicamente, não existia. Enquanto Beatriz fosse pequena, não haveria problema. Era preciso atingir a idade mínima para ingressar na escola. E isso só seria possível com uma certidão de nascimento.

Lívia e Rafael procuravam não pensar no futuro, aproveitavam cada dia na convivência com a filha tão desejada.

Apesar de já ter passado por essas experiências com os cinco filhos, cada nova etapa da vida de Beatriz era saudada pelos pais com imensa alegria: os primeiros dentes, os primeiros passos, as primeiras palavras.

À medida que crescia, a garota chamava a atenção pela beleza. Mas não apenas por isso, ela era a doçura em pessoa, compassiva, pronta a ajudar quem precisasse. Parecia um anjo que fora deixado à porta de Lívia.

Nos aniversários dos filhos, os pais costumavam dar uma festa e convidar parentes e vizinhos. O mesmo faziam com a filha. Nessa ocasião, um pensamento ocorria na mente da mãe: "Minha querida, não cresça tão depressa".

Seu temor – justamente por ser advogada – era de que, quando chegasse a hora de Beatriz entrar na escola, a situação chegaria a um limite insustentável: a menina não tinha certidão de nascimento, continuava a não existir legalmente.

Às vezes, inevitavelmente, chegava a perder o sono, de tão preocupada. O marido, Rafael, mais pragmático, a consolava, apesar de também sofrer calado: "Deixe para quando chegar a hora, não sofra adiantado".

Mas o tempo não para... Cada apagar de velinhas era um tormento para Lívia e Rafael, pela angústia de perderem um dia a filha tão querida. Mesmo tendo consciência de que fizeram um belo trabalho, que criaram com todo amor e carinho a sua menina, o que seria dela se fosse arrancada de sua família?

Quando se aproximava o sétimo aniversário de Beatriz, ela não se conteve e desabafou: contou a verdade ao juiz da cidade, com o qual tinha contato de muito tempo, por causa da profissão de advogada. E como a garota não tinha certidão de nascimento, jamais ingressaria numa escola.

Desolada, caiu no choro. Comovido, o juiz pediu que ela não se desesperasse. Conhecia-a como mãe exemplar e apesar de terem cometido um erro em não notificar o encontro da bebê. Fora admirável como ela e o marido haviam criado tão bem aquela recém-nascida deixada de madrugada na porta de sua casa.

As coisas, contudo, não iriam se resolver tão facilmente.

O juiz precisava tentar saber quem era a mãe biológica da garota deixada na porta de Lívia e Rafael. Mas, mesmo a cidade sendo tão pequena, não foi possível descobrir;

depois de abandonar a criança, a mãe provavelmente fora embora. A família biológica não foi localizada.

Por sorte, não havia, na ocasião, uma fila muito grande para adoção de crianças, pelo fato de que poucas estavam em condição de serem adotadas, ou por terem familiares vivos ou por estarem lá com vários irmãos, que não podiam, por lei, ser separados: ou se adotavam todos ou nenhum.

Os adotantes também preferiam meninas brancas de até um ano. E a maioria das crianças a ser adotada era mais velha e multirracial.

Então, em razão dessas circunstâncias, foi possível que o juiz desse a guarda provisória de Beatriz para Lívia e Rafael.

Depois, ele a transformou em guarda definitiva, usando meios legais, a qual resultou na adoção da menina, com a consequente expedição de nascimento. A partir dessa data, a garota passaria a usar o sobrenome dos pais adotivos, tornava-se herdeira tanto quanto os irmãos, e a adoção era irrevogável.

Foi um dia feliz quando Lívia matriculou Beatriz na escola da cidade.

No primeiro dia de aula, a garota estava linda no seu uniforme, quando a mãe a deixou na porta da escola junto com os outros irmãos, depois de recomendar que cuidassem bem da menina. Mãe extremosa, ela levava os filhos e os trazia de volta. Quando tinha audiência, o pai se encarregava disso.

Beatriz era uma garota inteligente e dedicada aos estudos. Tirava sempre boas notas e passava de ano tranquilamente para orgulho dos pais.

Aos 15 anos já estava no segundo grau. Dizia que queria ser advogada como a mãe. Teria de estudar em outra cidade, porque ali não havia faculdade de Direito. Lívia já se preocupava em ficar longe da filha, ao que Rafael repetia o conselho: "Não sofra adiantado, deixe para quando chegar a hora".

Beatriz se tornara uma linda adolescente, já cortejada na escola por admiradores. Pelo brilho dos olhos da filha, sempre que falava em um dos colegas em particular, Lívia suspeitava que ela amasse o garoto. Entre mãe e filha não havia segredos. Lívia orientava a filha à medida que ela entrara na puberdade, o corpo se modificando, até que ela tivera a menarca, a primeira menstruação. Aquela criança, deixada à sua porta, agora já era uma mulher.

O tempo havia passado. Beatriz já estava com 18 anos, no terceiro ano do Ensino Médio.

Certo dia, quando todos os filhos estavam fora, tocaram a campainha da casa de Lívia.

Ao atender, deu com uma mulher ainda jovem, muito bem vestida:

– Você fez um bom trabalho com a minha filha, parabéns! Meu nome é Marizeti.

Lívia ficou sem fala.

Desorientada, fez a visita entrar.

Nem bem sentou, ela explicou:

– Quando engravidei, eu era uma adolescente. Meu namorado sumiu, e minha mãe quando descobriu me tocou de casa. Eu dei à luz no mato, como índia. Eu sabia que você era uma boa mãe. Então, deixei a bebê na sua porta e caí no mundo. Depois de muito sofrimento, encontrei um homem bom que se casou comigo e com quem tenho filhos.

Recuperando a fala, Lívia perguntou, num sussurro:

– E por que voltou?

– Porque fiquei sabendo que, por lei, filhos adotivos têm direito de conhecer a família biológica. Sei que a adoção é irrevogável, mas quero que minha filha saiba que eu sou a mãe dela. Aliás, ela já tem idade para entrar com um pedido a esse respeito.

Como se tivesse levado um soco no estômago, Lívia quase não conseguia falar. Com esforço, ela murmurou:

– Mas Beatriz não sabe que foi adotada.

– Erro seu. Você deveria ter contado a verdade. Eu não vou desistir de conhecer a minha filha, e garanto que ela também vai gostar de me conhecer. Estou bem de vida, posso lhe dar presentes, custear seus estudos.

Lívia quase gritou ao responder:

– Você tem coragem de dizer isso, depois de abandonar sua bebê no sereno, ainda com o cordão umbilical? Saia da minha casa, não temos mais nada que conversar. Sou advogada, e vou lutar com todas as minhas forças para que você não tenha acesso à Beatriz, nem tire a alegria da vida dela.

– Talvez você não tenha entendido a importância desse conhecimento da parte biológica. Atualmente, com a possibilidade de transplantes, algum dia ela poderá precisar de um meio-irmão ou mesmo de mim para garantir isso. E se vier a conhecer por acaso um dos meus filhos e se apaixonar por ele, já pensou na possibilidade de consanguinidade? Justamente por isso, além do direito de toda pessoa saber de onde veio, é que a lei foi aprovada.

Lívia ficou em silêncio, enquanto Marizeti continuava:

– Como advogada é incrível que você não tenha pensado nisso. Você logo ouvirá falar de mim, se prepare. Ou você conta para a Beatriz ou conto eu, você decide.

Levantou-se e foi embora, deixando Lívia aos prantos.

Quando se acalmou, ela foi novamente falar com o juiz que lhe ajudara com a adoção da menina. Ele foi sincero:

– Sinto muito, doutora, mas, desde 2009, foi sancionada uma lei que dá direito aos filhos adotados, a partir dos 18 anos, de conhecerem a família biológica. A Marizeti não mentiu. Os motivos são relevantes como ela mesma explicou.

Lívia saiu do fórum devastada.

Os dias passaram sem notícia de Marizeti.

Isso era terrível, porque Lívia não sabia como se comportar. Beatriz percebeu que alguma coisa a transtornava e perguntou:

– Tudo bem, mamãe? Você parece tão triste, o que aconteceu?

– Nada, filha, é um caso complicado em que estou trabalhando.

Aproveitando a oportunidade, Lívia entabulou uma conversa com Beatriz.

– Acho que você pode me ajudar nesse caso porque envolve uma garota da sua idade.

Beatriz ficou toda animada, pois queria também ser advogada.

– Manda ver, mãe.

– É o seguinte – começou Lívia –, uma família adotou uma criança que foi abandonada na sua porta, a criou, educou e conseguiu a adoção para que ela tivesse certidão de nascimento.

– E daí? – quis saber Beatriz, curiosa. – A garota foi feliz com os pais adotivos?

– Muito – concordou a mãe. – Houve apenas um porém: ela não sabia que era adotada, e, certo dia, a mãe biológica da garota apareceu, querendo conhecê-la, porque a lei permite que filhos adotivos, a partir dos 18 anos, tenham o direito de conhecer sua família biológica.

– Já imagino o porquê – disse Beatriz. – Hoje em dia com a evolução da medicina, é importante saber isso, além de evitar que alguém se relacione com um irmão ou irmã. Houve palestra sobre isso na escola há um tempo. Tenho uma colega que foi adotada, mas sabe a verdade.

A mãe explicou que ela não saiu da barriga dela, mas é filha do coração.

– Cada pessoa é uma pessoa, Beatriz. Os pais da garota a que me refiro tiveram seus motivos para não contar a verdade. Talvez amor demais. Mas, pensando bem, acho que você tem razão; isso teria evitado muita coisa.

– E como é que fica agora? – Beatriz estava interessada na história. – Quem vai contar pra garota que ela foi adotada? A mãe adotiva, ou a mãe biológica?

– Quem você acha que deve contar?

– Se fosse comigo, eu preferiria que a mãe adotiva fosse sincera e contasse a verdade. A garota ia levar um susto e tanto, ficar até revoltada, mas melhor saber pela mãe que ela conhece do que por uma desconhecida...

– A adoção é irreversível, a mãe biológica pode conhecer a filha, e esta conhecer a mãe, mas apenas isso. Só para eu ter uma ideia: você acha que a garota gostaria de conhecer sua mãe biológica?

Beatriz foi enfática:

– Se ela abandonou o bebê na porta de uma casa, devia ter tido seus motivos. Vai ver era uma mãe adolescente, posta fora de casa pelos pais dela. A gente sabe dessas histórias toda hora. Tem menina muito nova que engravida do namorado, que depois some. Ela não teve culpa, foi desespero, coitada.

Vários dias se passaram depois dessa conversa.

Lívia ficou impressionada com a maturidade de Beatriz em entender o desespero da mãe adolescente que abandona uma filha, por não ter a menor condição de criá-la.

Comentou isso com Rafael que concordou com a inteligência de Beatriz: a garota tinha acertado em cheio. Também chegaram à conclusão de que agora não havia retorno: antes que Marizeti pudesse ter um encontro com Beatriz para se dar a conhecer como mãe biológica da garota, tomaram a decisão de contar a verdade para Beatriz.

Lívia ficou encarregada disso, porque uma conversa de mulher para mulher seria mais fácil.

– Lembra da nossa conversa de outro dia, sobre a família que adotou uma garotinha deixada na porta da casa deles? – começou Lívia, como se tomasse sopa quente pelas beiradas.

– Claro que eu lembro, até comentei com a minha colega. Ela disse que foi uma sorte os pais adotivos dela terem contado a verdade. O que aconteceu?

– A mãe biológica e a garota adotada vão se conhecer, se ela já tiver 18 anos e pedir isso – disse Lívia, meio engasgada.

– E daí? – rebateu Beatriz. – Você disse que a adoção é irreversível. Ninguém vai poder tirar a garota da família que a adotou, não é?

– De jeito nenhum, mas já imaginou o choque da garota ao saber que é adotada e ninguém contou isso a ela?

– Isso é – concordou Beatriz. – Mas o que não tem jeito, não tem jeito e pronto. A mãe biológica pelo menos é uma boa pessoa?

– É. Como você mesma desconfiou, foi uma mãe adolescente que não tinha condição de criar a filha. Agora casou, tem outros filhos, está bem de vida...

– Se fosse comigo – interrompeu Beatriz –, eu conheceria a tal mãe biológica que me largou na porta de uma casa, a trataria muito bem; afinal não custa ter compaixão. Até poderia conhecer os meus meios-irmãos, por que não? Ia ser legal. Depois voltava para a família adotiva. Ela tem irmãos nessa família?

Lívia respirou fundo antes de responder:

– Cinco irmãos homens que a adoram, sem falar nos pais adotivos para quem a garota é a própria vida deles.

Beatriz arregalou os olhos. Ficou sem fala por alguns instantes, tentando compreender a enormidade da revelação.

Lívia podia pressentir o coração acelerado da sua menina. Um rubor intenso cobriu o rosto dela, enquanto uma enxurrada de lágrimas rolava de seus olhos...

– Teria sido tão fácil se você tivesse me contado a verdade... Por que esperou tanto tempo? – gritou.

– Eu não esperava que a lei fosse mudada e...

– Quer dizer que eu nunca saberia que você não é minha mãe biológica? Eu viveria enganada o resto da vida?

– Mas você acabou de dizer que, se fosse a garota que eu lhe contei, encararia tudo numa boa?

– Era muito diferente. A vida de outra pessoa, não a minha, acho que nunca vou poder perdoar você e o papai. Nem sei como vou conseguir chamá-los assim, agora.

– Não diga isso, você sabe o quanto a amamos. Por favor, tente compreender...

Beatriz nem esperou que ela completasse a frase. Disparou escadas acima e se trancou no quarto. De fora, podia-se ouvir seus soluços, para desespero de Lívia e Rafael.

Vários dias se passaram...

Aos poucos, Beatriz se acalmou. O desespero que via em seus pais adotivos a comoveu. Afinal sempre vivera feliz com a família que a acolhera desde bebê e com seus irmãos. Ela mesma fez questão de contar a eles a verdade, e eles fizeram questão de dizer a ela que nada mudaria. Apesar de muito surpresos com a notícia, ela seria sempre a irmã muito amada por eles.

Depois, Beatriz decidiu conhecer sua mãe biológica. Combinaram de se encontrar em um espaço neutro.

– Você tem os mesmos olhos verdes da minha família – disse Marizeti. – Somos várias gerações de olhos verdes. Eu reconheceria esses olhos em qualquer lugar.

– Você tem filhos, não é?

– Três. Mas agora com meu marido.

– E seu marido e seus filhos sabem que você tem uma filha?

– Claro que sim, senão eu não estaria aqui. Você gostaria de conhecer seus meios-irmãos?

– Sim. Vai ser da hora ter oito irmãos.

– Quando quiser, eu a levo para conhecê-los.

– E meu pai biológico? Você nunca mais teve notícia dele? Eu também gostaria de conhecê-lo, apesar de ele ser um mau caráter por tê-la abandonado grávida.

– Nunca! – respondeu Marizeti cortando o assunto.

– Eu posso ver você de vez em quando? Afinal você é a minha menina...

– Com certeza, você sabe o endereço. E quando vier traga meus irmãos. Tudo bem pra vocês? – perguntou para Lívia e Rafael.

Eles assentiram com a cabeça.

Saíram como uma família unida e feliz que sempre foram.

Deitada em sua cama, depois de tudo, Beatriz chegou à conclusão de que fora um ato de amor de sua mãe biológica deixá-la na porta de Lívia, uma mulher conhecida por ser uma excelente mãe. Ela queria acreditar que Marizeti, mesmo no seu desespero, teria esperado até que Lívia tomasse a bebê nos seus braços e levasse para dentro da casa. Só então, fora embora.

O sol que entrava pela janela punha reflexos dourados nos cabelos de Beatriz.

A vida continuou... Esse fato não afetou o ciclo natural das coisas, só enriqueceu mais a história de vida dessas pessoas.

Beatriz, os pais e os irmãos continuaram sendo uma família feliz.

GISELDA LAPORTA NICOLELIS

Desde jovem eu fui apaixonada por contos, tanto de autores estrangeiros como de nacionais. Li todo tipo de história, que me prepararam também para escrever. Conto é uma narrativa muito mais breve do que um romance ou novela, mas tem começo, meio e fim; o fim deve ser a chave de ouro da história. Considero que escrever um conto é muito mais difícil do que escrever um romance ou uma novela. Ele tem de ser um pão quente recém-saído do forno, pronto para ser degustado. Como jornalista que sou, procurei, nestes quatro contos, recontar a realidade – grandes escritores fizeram isso, com base na observação do mundo a seu redor.

EDUARDO UCHÔA

Profissionalizei-me como ilustrador no departamento de arte do jornal Zero Hora. Mas sempre inquieto por desenvolver novos caminhos, trabalhei com pintura, ilustrações para produtos, comerciais, revistas e livros. Também participei de exposições de arte e salões de desenho no Rio Grande do Sul, São Paulo, Chile, México e Espanha. Ilustrar *Todos os sonhos do mundo* foi muito gratificante. Unir histórias de ficção inspiradas na realidade ao meu universo onírico e à realidade fantástica, sem perder o conteúdo concreto, acrescentando minha paleta de cores e elementos decorativos às angústias, conflitos e alegrias da vida cotidiana foi um grande desafio.

Este livro foi composto com a família tipográfica
Chaparral Pro, pela Editora do Brasil, em abril de 2016.